AF440684

Li-Ma, Chely
       El jardín de los seres fantásticos / Chely Li-Ma. — Bogotá, D.C.: Cooperativa
Editorial Magisterio, 2006.
       98 p. ; 20 cm. — (Colección Mitos y Leyendas)
       1. Cuentos infantiles cubanos 2. Cuentos cubanos 3. Animales fabulosos -
Cuentos I. Tít. II. Serie
I863.6 cd 19 ed.
AGT0534
                              CEP-Biblioteca Luis-Angel Arango

EL JARDÍN

DE LOS SERES
FANTÁSTICOS

EL JARDÍN

DE LOS SERES FANTÁSTICOS

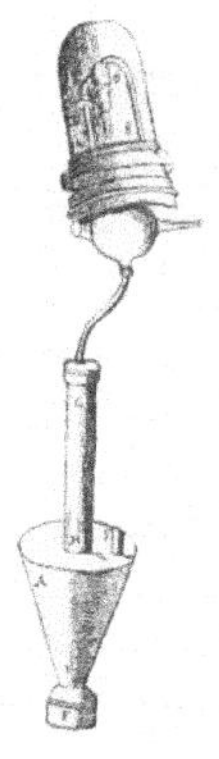

CHELY LI-MA

Ilustraciones de Karol Guerrero

MAGISTERIO
EDITORIAL

Colección Mitos y Leyendas

El jardín de los seres fantásticos

Autor: Chely Li-ma

Ilustraciones: Karol Guerrero

Dirección General: Alfredo Ayarza Bastidas

ISBN: 978-958-20-0837-6

Primera edición: 2006

Reimpresión: 2018

Editorial Magisterio

Diagonal 36 nis N° 20 -70 (Park Way- Barrio La Soledad)

Bogotá- Colombia

www.magisterio.com.co

info@magisterio.com.co

Ven conmigo a vagar bajo las selvas
Donde las Hadas templan mi laúd;
Ellas me han dicho que conmigo sueñas,
Que me harán inmortal si me amas tú.

Jorge Isaacs

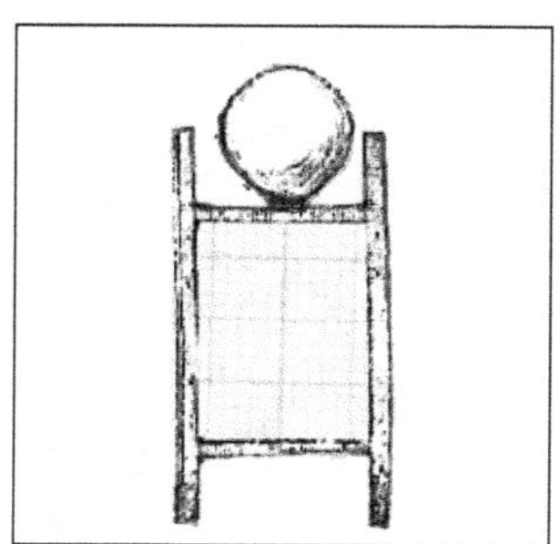

Contenido

Existen dos países mágicos llamados Arte y Literatura, a los que no hay que viajar necesariamente tomando un avión o sacando pasaje en barco.

Entre las ventajas de visitar esos dos países está que, si vas por la primera vez y te gustan, empiezan a habitar dentro de tu cabeza y ya no te abandonan jamás. Y si en alguna ocasión te sientes enfermo o triste, que es más o menos lo mismo, puedes abrir la puerta que da a esos dos países, y seguirle la pista a tu salud y tu alegría. Y si estás sano y contento, igual puedes dedicarte a descubrir todos los misterios que encierran las criaturas fabulosas... o terroríficas, que abundan en sus comarcas.

Para ser detective del Arte y la Literatura sólo se necesita querer serlo y tener el valor de aventurarse, solito o en compañía, por las páginas de un libro, por la sala de un museo y hasta por la pantalla del cine, la televisión o una computadora, siempre tras el rastro de las maravillas. O ni siquiera eso. A veces basta con que tengamos una abuela o una tía viejecita, a la que le guste contar cuentos...

Este libro ha sido escrito para darte a conocer algunos de los seres con que te vas a tropezar si quieres formar parte de nuestra pandilla: la pandilla de los que no querríamos abandonar los mágicos países del Arte y la Literatura, ni por todo el oro del mundo.

Las Hadas

¿Quién no ha escuchado hablar de ellas? ¿Quién no las ha visto poco antes de dormirse, cuando mamá apaga la luz y entra la luna por la ventana?

Pueden ser grandes y preciosas como una flor recién abierta, o pequeñitas y rodeadas por un halo de luz.

Vuelan, llevan una varita mágica en la mano y aparecen siempre que se las llama. Pero..., ¡ojo!: a las hadas no les gusta que digan en voz alta su nombre (qué capricho, ¿no?); de modo que, para hacer que vengan, hay que dirigirse a ellas con frases como "buenas vecinas", "pequeña gente" o "hermosa gente".

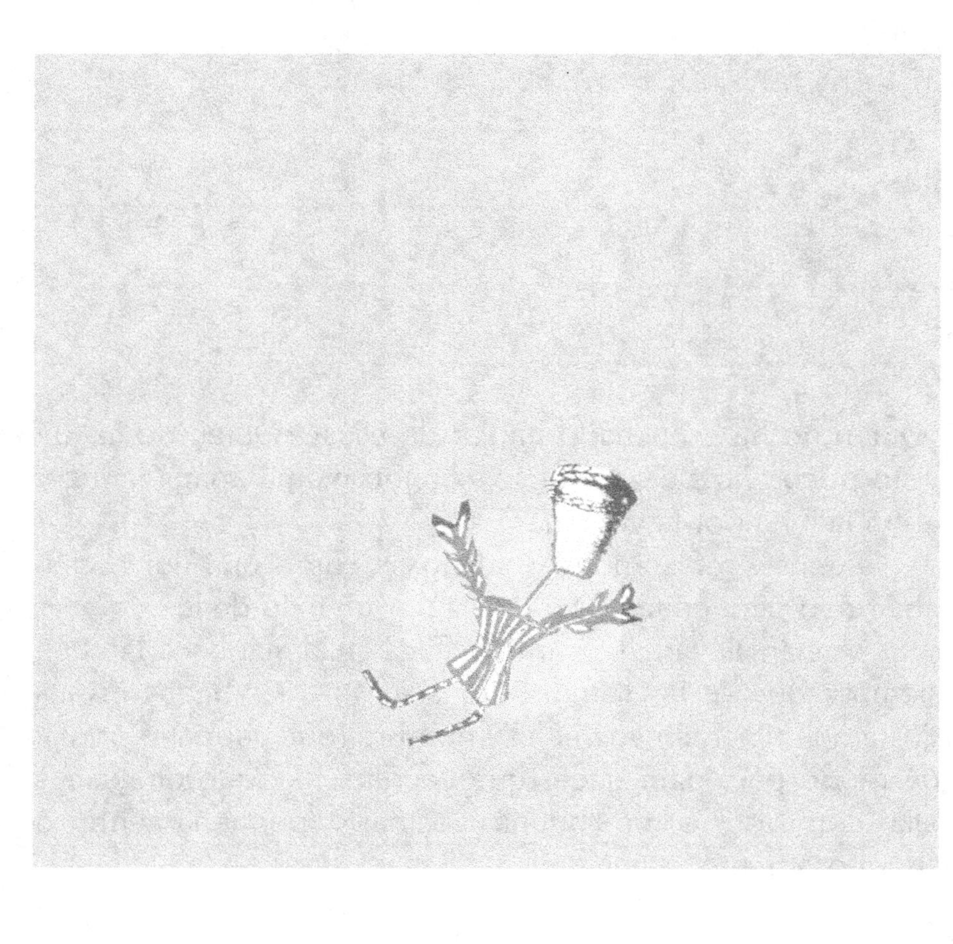

Desde tiempos remotos se les conoce en todas partes, y tener un hada madrina es lo mejor que puede sucedernos, aunque no abundan.

Lamento decir que no todas son buenas. Pero las malas escasean, así que podemos ignorar ese detalle.

¿Saben que también existen hados? Estos chicos poseen tantos poderes como sus iguales femeninas, pero son tan tímidos que casi nadie ha podido comunicarse con un hado padrino.

A las hadas les encanta que uno crea en ellas, y se comenta que si un niño dice: "Yo no creo en hadas" (¡qué crueldad!), un hada muere en ese mismo instante...

Para más información, léanse una novela que seguramente les va a fascinar: *Peter Pan y Wendy.* Ahí hay bastantísimo sobre las hadas.

Los Elfos

Uno diría que son como primos-hermanos de las hadas, porque se les parecen bastante.

Claro que las opiniones están divididas. Hay quienes aseguran que los elfos son feos, tontos y envidiosos, y que si uno se los tropieza en el bosque, le harán pasar un mal rato.

Los que han podido observarlos de cerca (cosa difícil) cuentan que se trata de criaturas esbeltas, pálidas y evanescentes, como si su cuerpo estuviera hecho de neblinas coloreadas. Otros argumentan que los elfos son hermosos e inteligentes, que no se dejan ver con facilidad y que, cuando cantan, uno se queda extasiado por la dulzura de su voz...

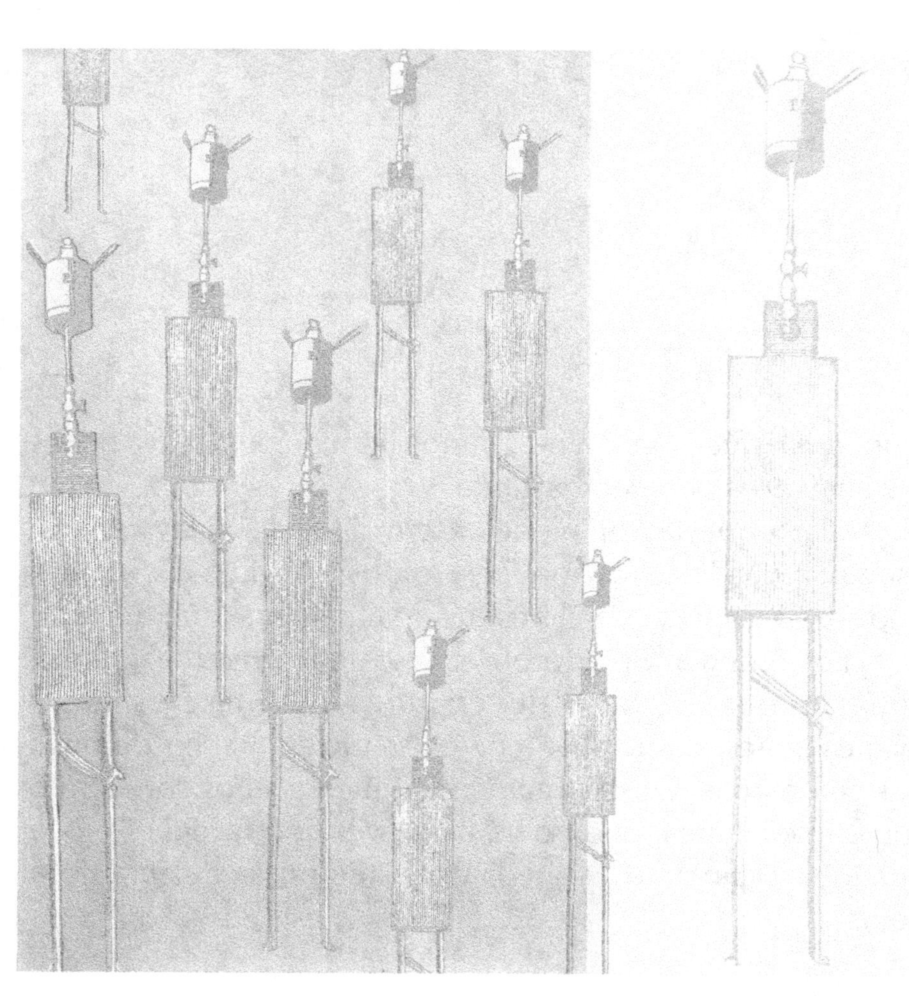

Personalmente, tengo buenas referencias de los elfos. Sé que aman a los árboles y que cuando alguien derriba alguno sin motivo, lloran y se quedan muy tristes.

La leyenda dice que hace muchísimo tiempo vinieron a través del mar en unas barquillas alargadas, color de oro viejo, y que alguna vez volverán a marcharse sin dejar rastro.

Los elfos viven montones de siglos y hasta el final se mantienen tan jóvenes como si tuvieran trece años de edad.

¡Qué maravilla!, ¿no?

Los Genios

Conocemos a los genios por un bellísimo libro titulado *Las mil y una noches árabes,* que recopila las historias que narraba una reina a su rey noche tras noche.

Hay genios buenos y genios malos. Parecen de humo, y cuando uno los mira fijamente, se da cuenta de que son barrigones, se pelan al rape, usan argollas en las orejazas y se cruzan de brazos para hacer la reverencia.

Hay que decir que los genios malos son un poco bobos, y que los buenos guardan muchísimos conocimientos.

Algunos genios fueron encerrados en botellas y lanzados al mar por magos que no resistían la idea de verlos ni por un minuto más. Otros, habitan en una lámpara maravillosa, como la de Aladino.

Los genios conceden todos los deseos que uno les pide, y son aliados fieles. Pero su máxima aspiración es ser libres para recorrer el mundo con los vientos más feroces.

Me pregunto si se podrá guardar un genio en una bombilla eléctrica.

El Unicornio

¿Quién no ha visto nunca un unicornio? ¿Quién no ha soñado todavía con ese caballito de grandes ojos tristes, que lleva en la frente un cuerno de pura plata?

La verdad es que en Europa y en China han creído hallarlo trotando por el pasto húmedo, masticando hojas tiernas de perejil y lechuga. Pero nadie ha conseguido fotografiarlo.

Como es un animal muy tímido, corre a esconderse en cuanto escucha voces, y sólo algunas muchachas han podido asegurar que, estando ellas sentadas en la hierba oyendo cantar los pájaros, sintieron de pronto un rumor suave de cascos, y han descubierto que se trataba de un unicornio resplandeciente.

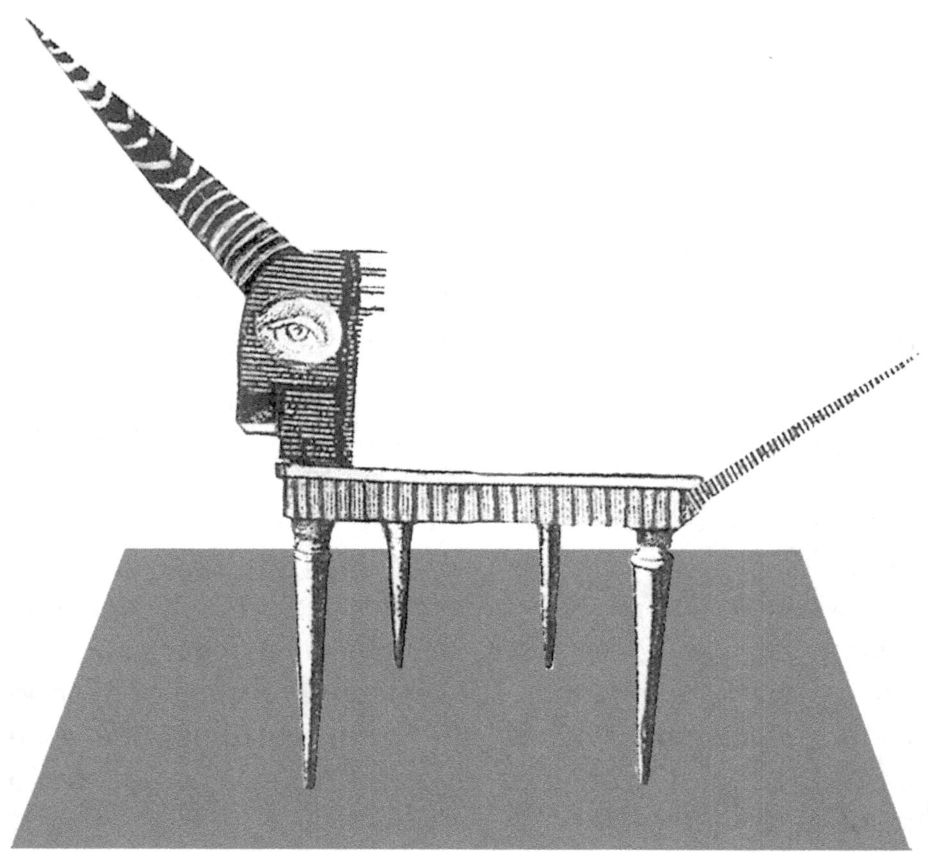

Después, el unicornio ha reclinado su blanca cabeza sobre las rodillas de la muchacha y se ha dejado acariciar. Y dicen esas muchachas que, cuando acaricias el pelaje perfumado de un unicornio, las palmas de las manos se te vuelven doradas. ¿Será verdad?

Por allá por la Edad Media, cuando existían caballeros andantes y damas lánguidas encerradas en castillos, muchos pintores dibujaron unicornios.

No estaría mal ir a las bibliotecas y buscar unicornios en los libros de arte. Es más: creo que merece la pena.

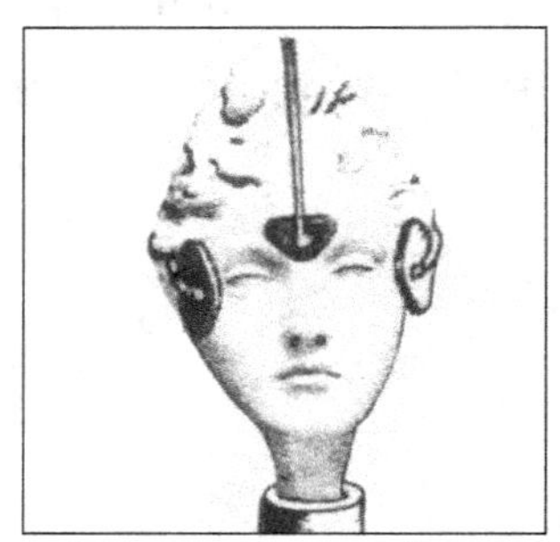

Todo el mundo está de acuerdo en que las ninfas son tan pero tan bonitas, que a uno le dan deseos de irse a vivir con ellas.

Habitan las aguas dulces y los bosques, y, en Grecia, cada arroyo, cada cascada, cada fuente y cada río tiene una ninfa o náyade para cuidar que nadie eche basura al agua y así la contamine.

Las ninfas juegan haciendo ruedas y cantando, pero no les gusta que nadie las vea.

En los tiempos de antes, los pastorcitos que se extraviaban entre los árboles escuchaban risas de mujer, y al apartar las ramas, se topaban con las ninfas. Ellos siempre temían que estas temperamentales chicas los castigaran.

Hay ninfas que ayudan a gentes perseguidas que van a refugiarse a los bosques, y tienen también fama de ser muy cariñosas con los animales.

Decirle a una muchacha que se ve tan hermosa como una ninfa, es un verdadero elogio...

Confiemos en que podamos conseguir algunas ninfas para que nos ayuden a cuidar de los parques y los bosques, impidiendo que algunas personas dañen la naturaleza.

LOS SÁTIROS

Cuando los sátiros ven a las ninfas, se dedican a jugar a las escondidas.

Los sátiros, de la cintura para arriba tienen aspecto de personas comunes y corrientes, pero con cuernitos; y de la cintura para abajo son como los chivos, ni más ni menos.

Como durante toda la mañana trotan de aquí para allá, cuando llega el mediodía están muertos de cansancio, y por eso hay un famoso ballet llamado *La siesta del fauno* (porque faunos y sátiros son lo mismo).

A los sátiros les gustan las uvas, beben vino como locos y danzan pegando unos brincos graciosísimos. Se la pasan riéndose. Cuando están de fiestas, se coronan con hojas de parra y flores, y se dan lustre en las pezuñas.

Al principio, los sátiros vivían en Grecia, y después se trasladaron a Roma. En la actualidad, viven en cualquier parte donde se les permita, aunque prefieren las zonas montañosas.

En muchos cuadros de pintores antiguos, uno encuentra faunos dándose la gran vida.

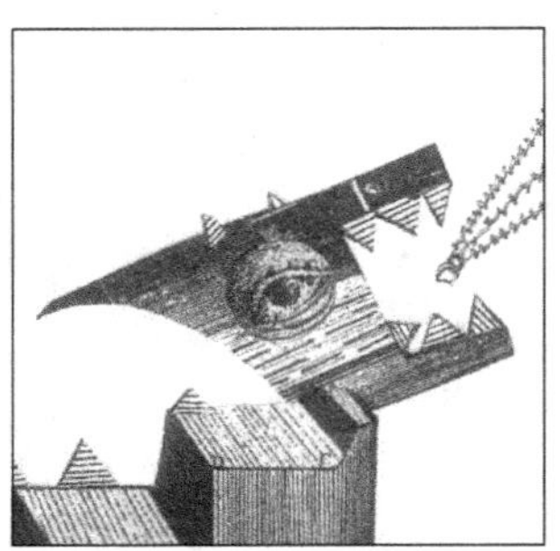

El Dragón

Ante todo, aclaremos que existen dos tipos de dragones: el dragón de mal carácter, que echaba fuego por la nariz y vivía en algunos pueblos de Europa, y el sabio y alegre dragón chino, que andaba por el cielo haciendo volteretas y daba buenos consejos a quien se los pidiera.

En lo que sí se parecen, es en que los dos tienen corpachón de lagarto, uñas largas, cola fileteada con púas como los serruchos, y alas que nacen de su espalda.

E1 dragón europeo padecía de la mala costumbre de robar muchachas y llevárselas al castillo donde, además, guardaba un gran tesoro. De modo que a los caballeros andantes no les quedaba más remedio que ir, lanza en ristre,

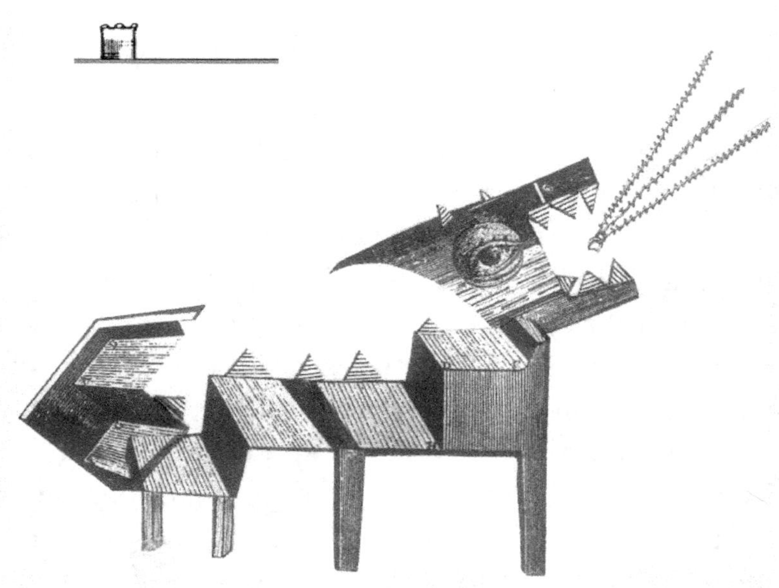

a batirse con el dragón y darle una lección que no pudiera olvidar jamás.

El dragón chino, por su parte, cantaba dulcemente, y llevaba en la lengua una perla redonda y muy blanca.

Se me ocurre que en Europa debió haber dragones mansos también, y que no todos los dragones chinos tuvieron tan buenas pulgas...

Lo cierto es que desde hace bastantísimo tiempo no se encuentran dragones, ni siquiera en los parques zoológicos.

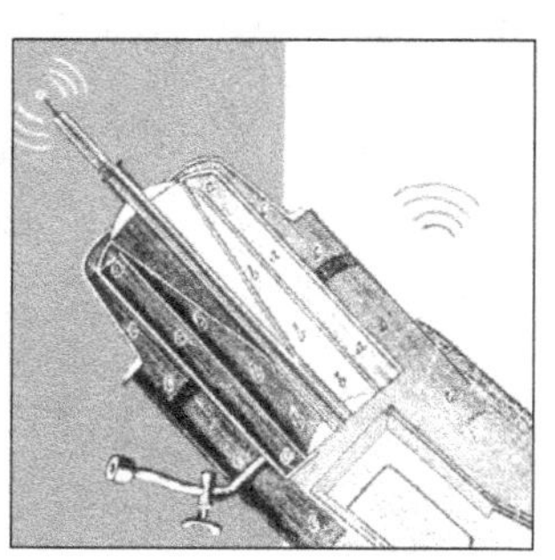

Las Sirenas

Quien haya podido encontrar alguna vez a la orilla del agua a una linda muchacha que en lugar de piernas tiene cola de pez, puede afirmar que ha visto, aunque sea con los ojos del corazón, a una sirena.

Todos los pueblos del mundo tienen alguna entre sus leyendas, así que habrá que decir que existen sirenas pálidas y rubias, sirenas de piel tan oscura como el azabache, sirenas morenitas y sirenas de rasgos indígenas. Eso sí, todas ellas son bellísimas, nadan maravillosamente y pasan largas horas peinando sus largos y abundantes cabellos frente al mar.

Según los marineros, la voz con que cantan las sirenas es tan, pero tan dulce, que no podría ser imitada por nadie.

Como estas mujeres-pez habitan en el mismísimo fondo del mar, muy poca gente ha entrado en sus casas, pero se rumora que se trata de sitios empedrados con piedras preciosas...

Ahora que me acuerdo: un escritor danés llamado Hans Christian Andersen escribió un cuento titulado *La sirenita,* y el pueblo de Dinamarca, conmovido, colocó a la orilla del océano una estatua de la protagonista del cuento. De modo que, si quieres saber más acerca de sirenas, te invito a leer ese libro, ¡y nunca te vas a arrepentir de haberlo hecho!

Los Centauros

Pocas criaturas hay más hermosas que un centauro recién nacido.

¿Has visto alguna vez esos potrillos que están aprendiendo a andar, y tienen patitas delgaduchas sobre las cuales se tambalean? Pues así de tiernos son los centauros cuando no alzan un palmo del suelo...

Mitad persona y mitad caballos, también de adultos son bellísimos. Llevan largos cabellos cubriéndoles los fuertes hombros, y tienen la ventaja de que pueden pasear a sus amigos en el lomo. Si quieren, trotan; si no, galopan.

Hubo un centauro sabio y antiguo llamado Quirón, que se las sabía todas acerca de las plantas medicinales. Él educó a unas cuantas personas que después fueron muy famosas.

La mayor parte de los centauros no eran tan educados y decentes como Quirón, y ese fue el motivo de que el fortachón de Hércules tuviera una gran pelea con ellos. Por lo que se sabe, salieron perdiendo los centauros.

Yo no me consuelo de pensar que ya no queden centauros en el mundo. En algún lugar, escondidos, deben quedar algunos, comiendo lechugas con toda tranquilidad, a salvo de los seres humanos.

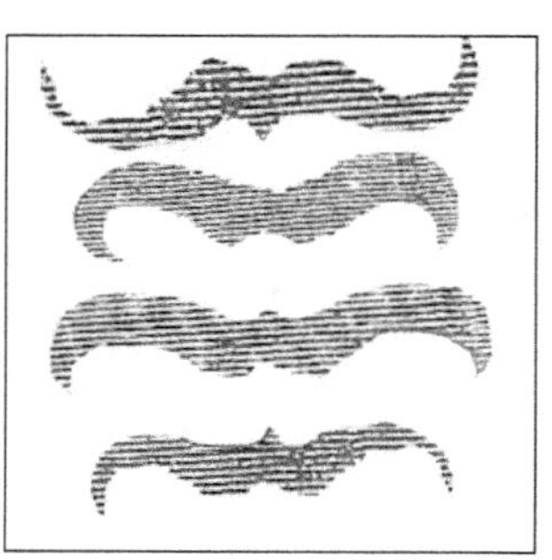

EL GATO DE CHESHIRE

Se lo encontró Alicia en el País de las Maravillas, y gracias a ella sabemos que se trata de un gato grande, rayado, que se acomoda en las ramas de los árboles para hablar con uno hasta por los codos.

Con sus palabras siempre lo enreda todo, y sospechamos que el Gato de Cheshire es mucho más inteligente de lo que a simple vista parece.

Sonríe a cada rato, y tiene la costumbre de desaparecer... por partes. Primero dejamos de ver la cola y las cuatro patas. Después, se pierden la barriga y el lomo. Luego, se eclipsan las orejas. Al final, cuando ya se han borrado los bigotes y los brillantes ojos, todavía queda por un rato la sonrisa flotando en el aire.

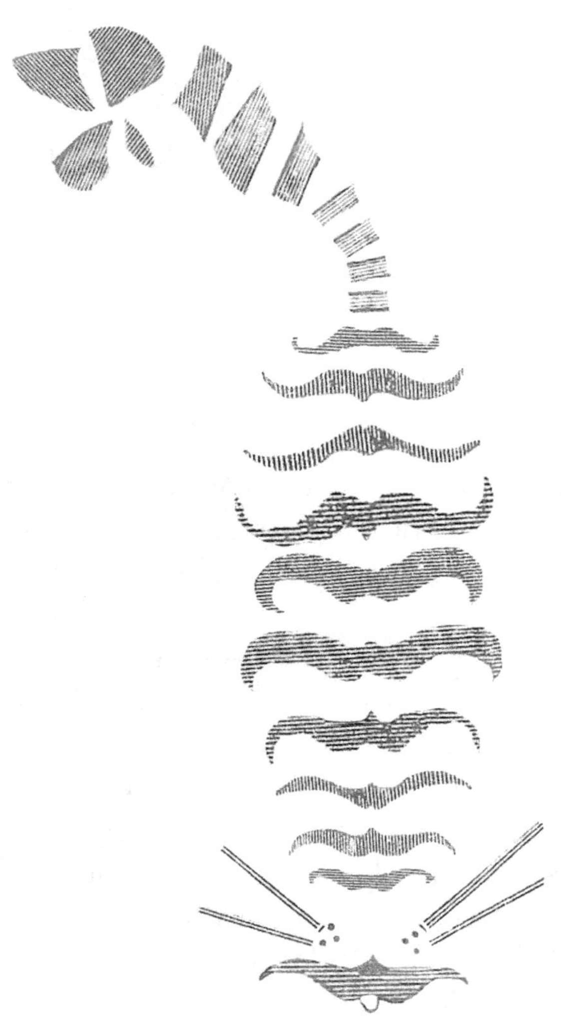

Un escritor argentino, Jorge Luis Borges, escribió en su *Libro de los seres imaginarios* acerca del Gato de Cheshire, pero la verdad es que él no sabía mucho sobre el asunto. Nadie sabe mucho. Ni siquiera yo.

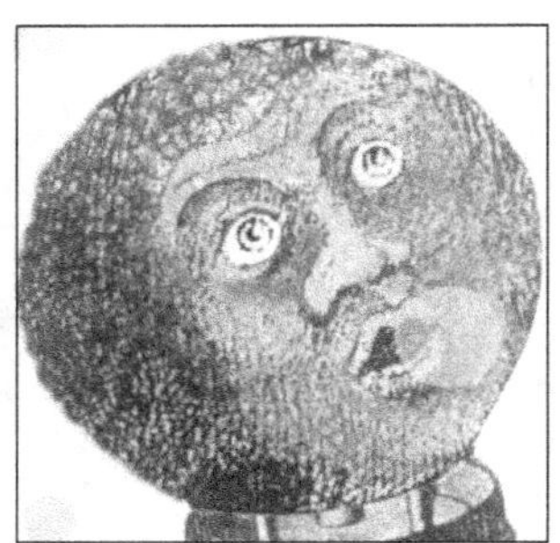

El único lugar donde se pueden localizar güijes en nuestros días es en una isla llamada Cuba, ubicada al centro del mar Caribe.

E1 güije es un negrillo cabezón que habita los pozos y los charcos del monte. Ha dado lugar a tantas leyendas, que ni en mil libros se alcanzaría a recogerlas todas.

Hay güijes que fuman tabaco; otros, llevan cola de pescado. Algunos se aparecen de incógnito en las fiestas de los campesinos, disfrazados de guitarrero, y cantan toda la noche hasta que sale el sol.

La gente en general habla muy mal de los güijes, pero es que a nadie se le ha ocurrido pedirles su opinión a los

mismos güijes. Si así se hiciera, ellos probablemente dirían que la gente es bastante miedosa y que se pasa todo el tiempo confundiendo las bromas con las malas intenciones.

Hay güijes famosísimos cuyas historias pasan de abuelos a nietos, y güijes que nadie conoce, pero que continúan viviendo calladitos en su laguna, bien lejos de las ciudades.

A mí me gustaría tropezarme alguna vez con uno de esos pequeños barrigones y hacerle una entrevista.

¿Te imaginas la cantidad de cuentos que podrá guardar en su memoria?

El Minotauro

El Minotauro era un caballero con cabeza de toro. Es decir: del cuello a los pies era como tú o como yo, y de la garganta para arriba... tenía muchísimos pelos, hocico húmedo, orejas de vaca y cachos. Además, mugía... ¡Cómo mugía aquel señor cuando se enojaba! Su mugido se dejaba escuchar a muchas leguas a la redonda.

El Minotauro habitaba en un laberinto (uno de esos lugares con muchos pasillos, por donde uno se pierde muy fácil), y tenía la mala costumbre de salirle al paso a las gentes, sin previo aviso, por lo que les daba unos sustos terribles.

La isla de donde era oriundo el Minotauro se llamaba

Creta. Allí todos eran muy aficionados a los toros y a los juegos con toros, tanto que se la pasaban pintando juegos con toros en las paredes (si quieres enterarte de los detalles, busca un libro de historia del arte y localiza en sus páginas los frescos cretenses; verás que no te estoy mintiendo).

Uno pudiera imaginar que en un sitio así el Minotauro viviría muy feliz, ¿no es cierto? Pero como el mundo es tan complicado, resulta que en Creta no lo querían demasiado.

Un buen día, el pobre Minotauro se hartó de que le hicieran tantos desaires, hizo correr la historia de que un tal Teseo lo había liquidado y partió con rumbo desconocido por el ancho mar. Ignoramos si llegó a alguna parte.

El Ekeko

Cuentan los abuelos de la serranía americana que, si uno aguza la vista y la mantiene fija en esos majestuosos picos de los Andes, acaba por ver bajando por algún sendero a un hombrecito gordezuelo y alegre, que silba y canta mientras anda trayendo a la espalda sacos cargados de harina, maíz, frijol, azúcar... Por si fuera poco, en los cestos que le cuelgan de los brazos hay una multitud de regalos.

Se trata de Ekeko, el Dueño de las Alacitas, el pequeño señor de la buena suerte y la abundancia.

Algunas crónicas relatan que el Ekeko tuvo su origen en el pueblo de los kollas, pero como después se le ha visto por Bolivia y por Ecuador, y por algunas otras zonas montañosas,

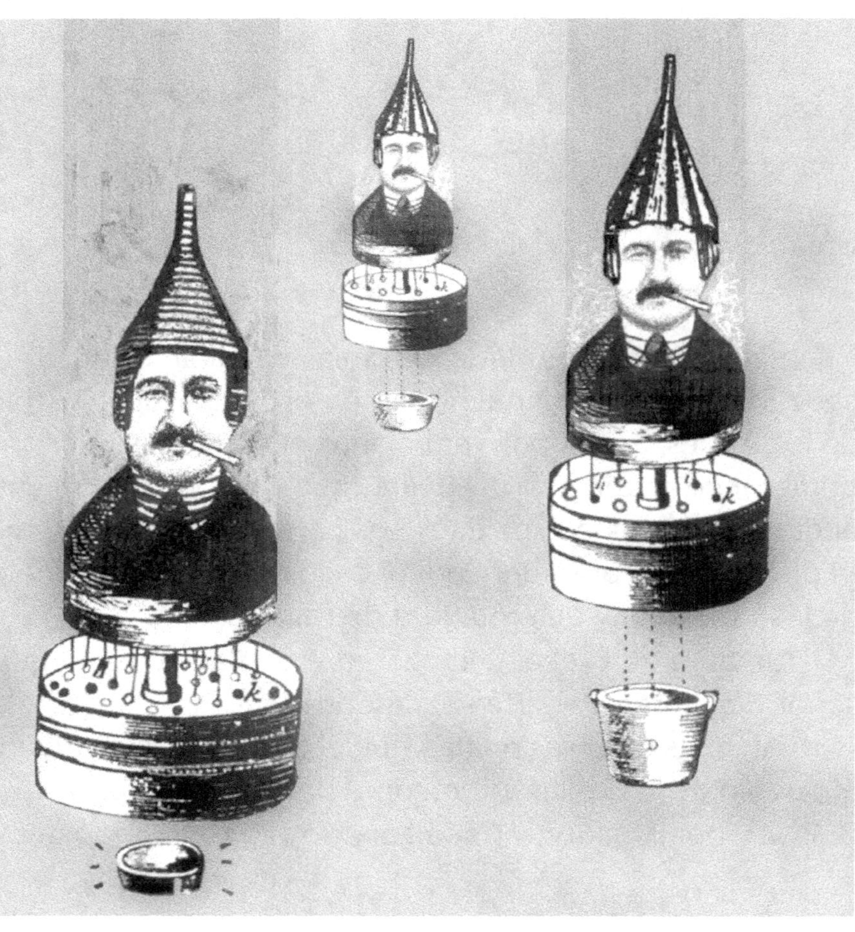

se ha acabado por aceptar que el buen Ekeko es andino, serrano de pura cepa.

Y lo cierto es que, desde hace cientos de años, las gentes sencillas e imaginativas suelen regalar a sus amigos más queridos una efigie del Ekeko, para que la tengan en un rincón de su casa y le cuelguen sus mayores deseos en forma de objetos pequeñitos, y pongan en su boca abierta un cigarro los martes o los viernes, para que los ayude con una dosis extra de buena suerte.

Los Duendes

Los duendes son, ante todo, unos bromistas incorregibles. Cuando viven solos, se empeñan en que los locales que ocupan parezcan casas encantadas, de las que dan miedo. Y si viven con alguna familia, ¡pobre familia!: hoy hallarán las pantaletas de la abuela en el refrigerador, mañana el azúcar estará en el lugar del tintero, y pasado mañana encontrarán el valioso collar de la tía Emilia en el tacho de la basura... Nada es con malas intenciones, claro está.

Los duendes tienen aspecto de hombrecitos cascarrabias, con barba blanca, nariz colorada y gorro puntiagudo que remata en un pompón.

Cuando llegan a un acuerdo con los dueños de la casa, se vuelven hacendosos: barren los pisos, ordeñan a las vacas

y hasta las llevan a pastar. Para eso, es necesario cocinarles natillas y dejarles, de cuando en cuando, un tazón de vino en el tejado.

Los duendes nunca duermen porque —según dicen ellos— no les gusta perder el tiempo, a pesar de lo cual jamás están cansados. Deberían darnos la receta.

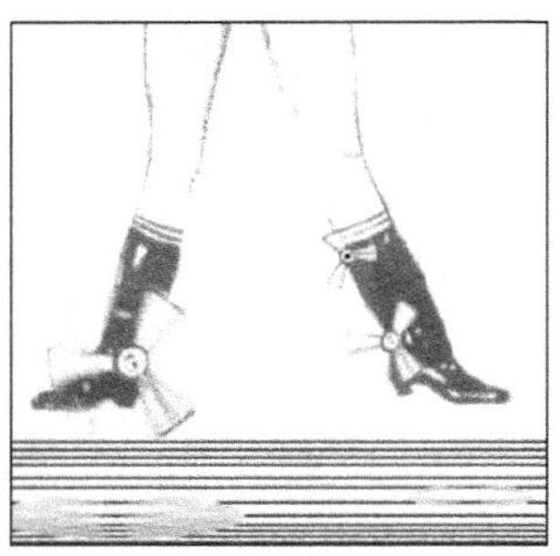

Unos afirman que eran sólo tres; otros argumentan que eran muchas, porque si no, ¿cómo podrían haber hecho solitas tanto trabajo?

Y es que las valkirias tenían la responsabilidad de llevarse hacia una especie de paraíso a todos los guerreros que morían en las batallas..., y en aquellas guerras eran muchísimos los que perdían la vida.

A las valkirias se las describe como a muchachas guerreras, con casco y espada, las cuales iban montadas en caballos voladores. Eran lindísimas, pero terribles.

Como proceden de los pueblos del norte de Europa que tienen que ver con la actual Alemania, las valkirias no

eran lánguidas y delgaditas como las ninfas, ni de aspecto dulce como las sirenas. No. Eran fuertes y musculosas como las chicas que practican fisiculturismo.

Debió ser impresionante verlas venir emitiendo su grito de guerra, bien afincadas sobre el lomo de sus corceles y envueltas en un manto de fuego.

Un compositor alemán llamado Wagner hizo varias óperas donde aparecen las valkirias. Estaría bien buscar alguna para oírla.

En un principio, alguien dijo la mentira de que la Esfinge era una señora. Pero nada de eso. Si uno se fija bien, la Esfinge, a pesar de su nombre, no es una señora, sino un señor.

La única representación de la Esfinge que conocemos actualmente es de piedra y se encuentra en Egipto, en el desierto, cerquita de las conocidas pirámides. Está echada (perdón: echado) con las patas delanteras estiradas sobre la arena, la cabeza muy erguida, y se le ha roto la nariz.

La Esfinge tiene cabeza de persona y cuerpo de león. Pero lo que no podemos saber, a estas alturas, es si hablaba como nosotros o rugía. A lo mejor hablaba cuando estaba

de buenas, y rugía cuando se ponía furiosa, como pasa con tanta gente.

Se cuenta que una vez la Esfinge se hallaba a las puertas de una gran ciudad y sólo dejaba pasar a aquellos que respondían correctamente a tres adivinanzas. Si tú no te sabías las respuestas, la Esfinge te usaba de merienda..., ¡así de tremendo!

En eso, llegó un individuo llamado Edipo, que era bien inteligente, y contestó las adivinanzas. Con lo cual la Esfinge se quedó sin empleo y tuvo que irse, no sabemos a dónde.

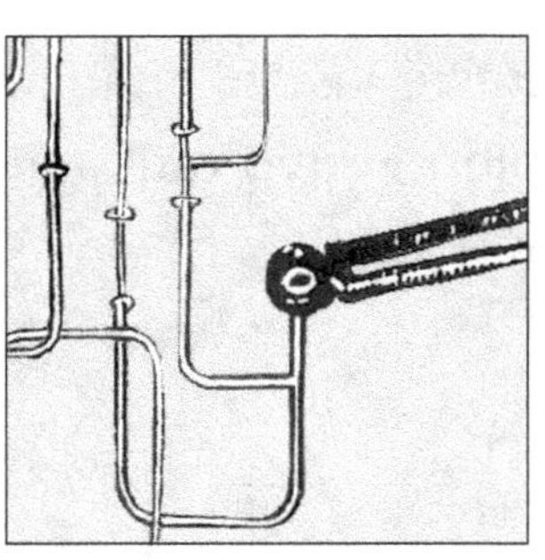

La Madre de Agua

Es una gruesa serpiente de muchos metros de largo, que dicen que suele dormir en ciertos ríos del mundo.

Algunas tienen tarritos en la cabeza.

No estamos seguros de si las madres de agua han producido el agua en cuestión, o si fueron las aguas quienes las produjeron a ellas. Lo cierto es que desde siempre se les ha llamado por ese nombre.

Aunque su aspecto es impresionante, las madres de agua, como toda buena madre, suelen ser tiernas y apacibles. Se dice también que son humildes y que, cuando uno alborota mucho, se van.

Nadie ha dicho jamás que una madre de agua le haya hecho daño a nadie.

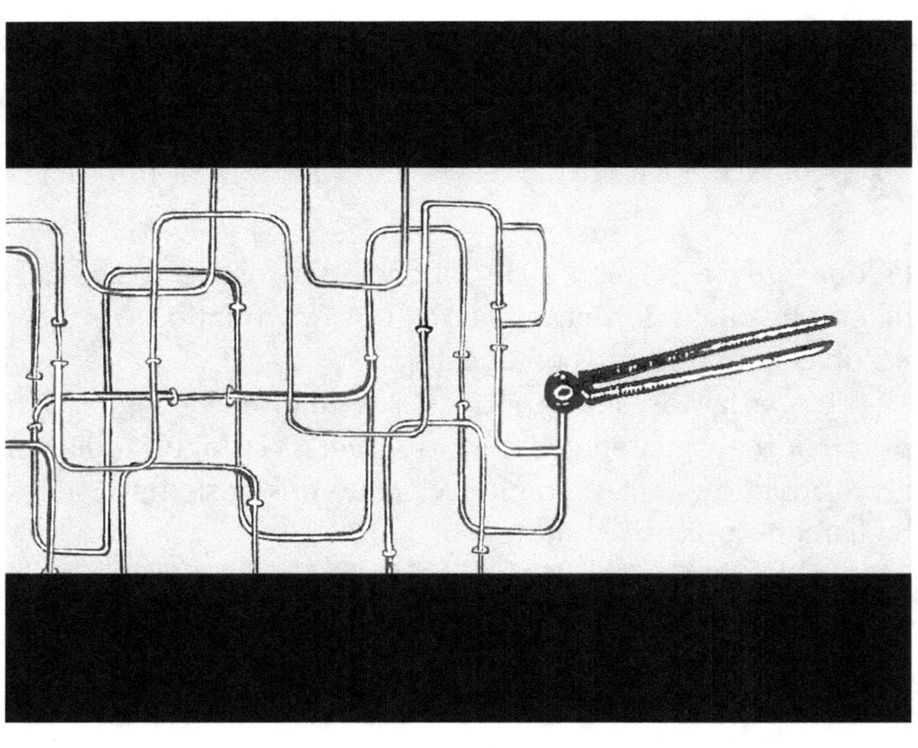

La mayor parte del tiempo, permanecen escondidas, durmiendo. A unas les agrada el sol, y a otras, las noches de luna llena.

Nunca se les ha oído pronunciar una sola palabra, ni siquiera el menor sonido... ¿Será que aún no han aprendido a hablar?

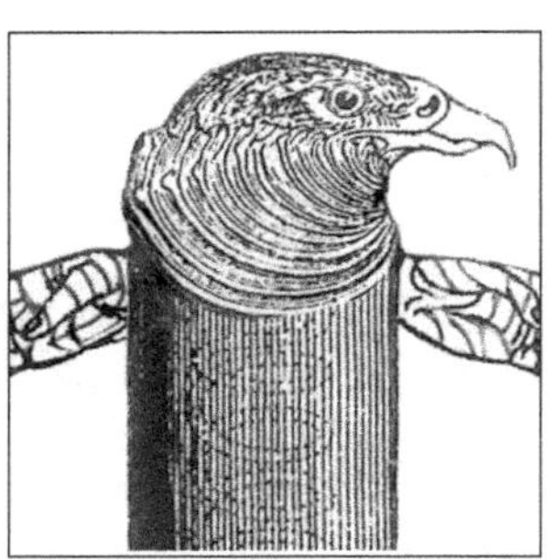

El Ave Fénix

Debo presentarles a un personaje curioso: se trata del Ave Fénix.

Esta desconcertante ave de larga y rica cola tuvo origen en China, pero en realidad se ha movido tanto por el mundo, que nadie está bien seguro de dónde nació. Porque, para colmo, ha nacido muchas veces.

Verán: ustedes conocen a un Ave Fénix cualquiera, la saludan todas las mañanas a lo largo de mil años. Y un día, cuando esa Ave Fénix está tan viejecita y achacosa que parece que ya no da para más, se sienta en su nido y se enciende ella sola, como una fogata.

¡Qué horror! Usted enseguida piensa que de ahí saldrá asada, la pobre...

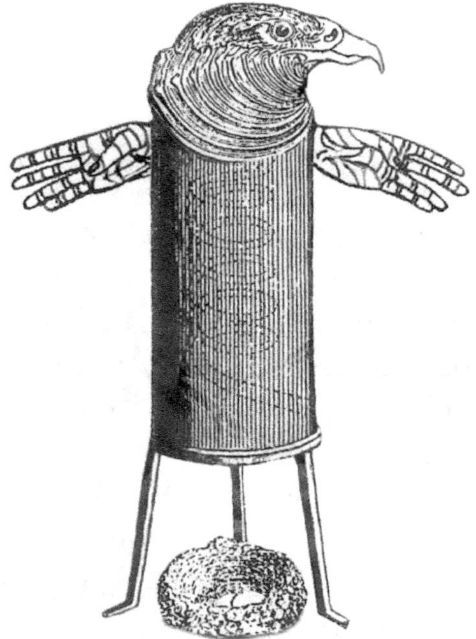

Fig. 16

Pues nada de eso. La característica especial del Ave Fénix es que, después de convertirse en cenizas, renace, más hermosa que antes, si esto fuera posible.

Ahora podrán entender por qué dije al principio que era un personaje muy curioso. Yo agregaría que es muy especial, puesto que nada ni nadie más en el mundo tiene esas facultades.

Resulta que en algunos sitios de México, cuando usted tiene una tierrita sembrada y la quiere bien cuidada, se va a hablar con el hechicero del pueblo.

Enseguida este señor pone manos a la obra: talla en madera un hombrecito algo mayor que una jarra de las grandes. Después le da de comer y lo acaricia. Y ahí mismo acaba de nacer un alux.

A la semana o cosa así, cuando el alux está más fortalecido, el hechicero lo lleva a conocer a quien será su mejor amigo, es decir, al dueño de la tierrita.

El dueño de la tierrita toma entonces en brazos al alux, le inventa un nombre agradable y lo pasea por el lugar que

él desea tener vigilado. Por último, lo pone a vivir en algún hueco de árbol o en algún rincón resguardado y cómodo.

Se asegura que no hay "dueño de lo ajeno" que pueda acercarse sin permiso a una propiedad vigilada por un alux, porque si se atreve a hacerlo, ¡las consecuencias serán terribles!

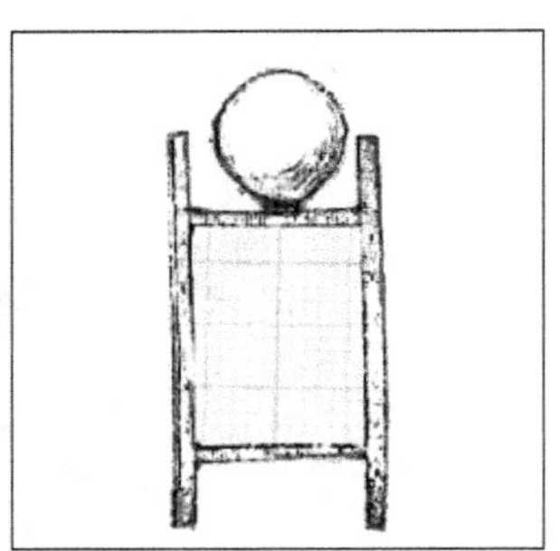

CHELY
LI-MA

Nació en Güira de Melena, provincia de La Habana, Cuba, el 6 de enero de 1957. Es narradora, poetisa, dramaturga, periodista, crítica y guionista de radio, cine y televisión. Estudió Guión y Dramaturgia en la Escuela de Cine y Televisión de San Antonio de los Baños.

Ganó, en 1985, el premio Ismaelillo de la Unión de Escritores y Artistas de Cuba en la modalidad de literatura infantil con su novela Umbra. En 1987, obtuvo el premio de cuento infantil en el Concurso 13 de Marzo, convocado por la Universidad de La Habana, con su libro El barrio de los elefantes (Medellín: Editorial Colina, 1995). Con El cerdito que amaba el ballet (Caracas: Editorial Monte Ávila, 1998), se hizo acreedora del premio Juan Rulfo de cuento para niños en 1996. También, ha entregado al público infantil las narraciones incluidas en La tarde en que hallamos un hada (Quito: Libresa, 1997).

Ha publicado, para los lectores adultos, los siguientes títulos: Tiempo nuestro, premio en el Concurso 13 de marzo (poesía); Monólogo con lluvia, premio David (cuento); Espacio abierto (cuentos escritos en colaboración con el autor León Serret), La Habana: Letras Cubanas, 1983; Terriblemente ilumi-nados (poesía), La Habana: Ediciones Unión, 1988; Brujas (novela), La Habana: Editorial Letras Cubanas, 1990; Los caballeros las prefieren rubias (cuentos en coautoría con León Serret), La Habana: Editorial Letras Cubanas, 1990; Triángulos mágicos (novela), México D.F.: Editorial Planeta, 1994, y Confesiones nocturnas (novela), México D.F.: Editorial Planeta, 1994. En 1991, su obra Un plato de col agria, escrita junto a León Serret, obtuvo el premio nacional de teatro José Antonio Ramos concedido por la Unión Nacional de Escritores y Artistas de Cuba.

Reside en Quito, Ecuador, desde 1992.

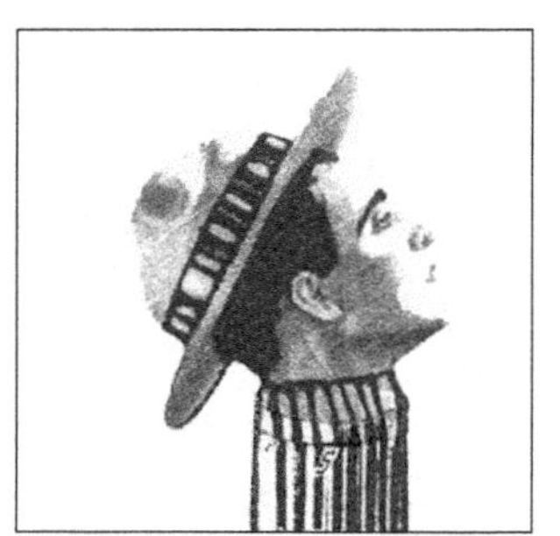

www.ingramcontent.com/pod-product-compliance
Lightning Source LLC
Chambersburg PA
CBHW080720120726
48001CB00010B/3092